女人心

粉妹、君靈鈴、葉櫻 合著

Family Sky 天空數位圖書出版

目　錄

交往前有五件事要先確定

文：粉妹

粉妹認為每位女人都要有另一半。所謂另一半不一定要有結婚證書、而是願意與妳作伴、無論喜怒哀樂都是妳能終身依靠的人。要如何找到命中注定的另一半呢？在每次的邂逅以及曖昧中如何能夠不踩雷、精準地讓最適合的人變成妳的男朋友或老公？最重要的是：戀愛中的妳要受寵、受尊重，粉妹提出五大重點，在妳跟他看對眼後一定要事先審核這五件事，正所謂五大訴求、缺一不可，通過了妳們可以進行下一步；若他有任何一件事被打槍、建議妳就放生吧！

一、公主配侍衛很重要

妳一定不服氣地問粉妹：為什麼公主要配侍衛、而不是配王子？王子與公主從此過著幸福快樂的生活、童話故事的結局不都這樣寫嗎？妳說對了，但那只是童話故事而已，童話故事不會告訴妳，日子久了那位王子可能會因為公主的公主病拂袖而去、那位公主也可能會因為王子周邊野花朵朵開而醋意大發⋯當兩人意見不合吵起架來更是昏天暗地！既然兩人都是世俗認為的人生勝利組，何必要珍惜對方？吵了一大架分手再找一位、也是習以為常的事情。

公主配侍衛就不同了！就世俗眼光而言，無論家境、學歷、原生家庭、生活條件，侍衛的條件都比公主略低一些，個性比較不太會自以為是，也懂得珍惜妳。

二、他愛妳要比妳愛他多

因為他愛妳比妳愛他多，所以事事都會尊重妳。在他面前妳可以傲嬌、耍些小性子，他也不會在意。若這個男人不夠愛妳就會對感情有很大殺傷力，他會容易膩、容易嫌棄、甚至於容易背叛，為了避免這些情況發生，找一個愛妳愛更多的男人是正確的選擇。

三、他的穿著代表格調

這句話並不代表妳要是"外貿協會"，而表示穿著可以透露他的態度與風格。首先妳要看是衣服在穿他？還是他在穿衣服？是不是因為剛認識妳想博取好感就穿上硬梆梆不合身的西裝或不合腳的鞋？或穿著熱情退燒的前衛服裝、掛滿手，脖子上項鍊一條比一條重？由此可以看出他的性格不是沒有自信心就是很自大、交往下去對妳非常不利。

四、先吃幾頓飯再說

想知道他對妳好不好，從他吃飯的習慣就能知道答案。首先在點菜時如果不問妳想吃什麼、就自顧自點自己愛吃的菜餚，就表示他只在乎自己，不懂得疼惜妳。此外若不會主動為你盛湯夾菜，就表示妳們在一起後所有苦妳都必須自己扛，他不會體貼妳或者為妳分擔。

五、最後兩人來趟輕旅行吧

如果前四項都過關，最後找個時間跟他去小旅行一下。不用去太久或太遠，只要去外縣市三天兩夜就行了，這個旅行有幾個觀察他的重點：他如何安排行程？如果妳們自駕前往、他的開車技巧如何？他的拍照技巧如何？現在旅行就等於拍照，吃美食要拍、逛景點要拍、隨便一個轉身都可以拍，是不是信手捻來就是美照一張呢？

如果他五個測驗都通過，就跟他一起愛下去吧！但是再強調一次，無論他哪一項不及格就請妳立刻放生！不要想交往後再改變他，這不但不可能，而且妳只會苦了妳自己！

想談戀愛妳的心態很重要

文：粉妹

女人需不需要談戀愛？粉妹認為每位女性都需要一份真實的愛情。那種愛情不是閨蜜之情，而是那種與對方身體接觸會讓心中小鹿亂撞、甚至產生生理反應的感覺！即便是工作能力強、經濟無虞的女性，若沒有戀情她們的生活難免失色，或許仍然精心打扮，但沒有期望的"觀眾"，就會讓女人興趣缺缺、後繼無力。

但想談戀愛妳得準備好再來。準備好的人才有資格說愛；準備好的人才有資格讓別人給妳幸福。這個準備就是妳的心態，矯正四種不良心態、妳就能完成談戀愛的行前準備了。

心態一：談戀愛不是找金主

談戀愛的原因是什麼？如果談戀愛只是為了找金主，從吃飯到日常花費都要對方付錢，除了會讓兩人的感情漸漸失衡，對方也會用金錢來審視妳。

戀愛不能與金錢扯上關係，就算妳真的喜愛對方，對方也會認為妳是看上錢才跟他在一起所以看輕妳，再者妳一定要記住：不用錢的才最貴。

妳和對方應採取"禮尚往來"的價值觀。這一頓他請你吃飯、下一餐妳請他喝咖啡；這次他送妳小禮物、下次妳請他看電影，費用不要太昂貴，除了能減輕彼此負擔也能增進兩人的了解。

心態二：談戀愛不是找工具人

妳想跟他談戀愛是因為他可以當免費的柴可夫斯基？還是妳談戀愛只是為了讓對方幫妳做免費的水電工？當然啦！對方有這些"額外能力"不是不好，可是這些能力只是附加的，並不是戀愛的重點；妳所重視的應該是對方的人品以及與妳的"三觀"是否合拍，因為只有這些才是讓愛情幸福的關鍵，而且真正談感情後對方就會自然而然成為妳的工具人了啦！

心態三：談戀愛不是變裝趴

這個意思是說與異性交往時妳必須做自己，而且始終如一。有男性朋友跟粉妹抱怨說女生彷彿是詐騙集團。頭兩次約會都假聲假氣，但真正交往後才發現她和當初認識的小女人完全不一樣，這段感情自然很快就吹了！所以要做妳自己才能有一段長久的感情，因為妳不是變裝跑趴、而是在真實生活中找愛情，在一個人面前要怎麼永遠假裝？愛別人前要先愛自己，所以請妳不要為難自己。

如果妳說：對方喜歡小女人但我就是一個傻大姊，怎麼辦？粉妹覺得這要看對方是不是喜歡真實的妳，如果不是表示這不是合適的愛情，放過他妳絕對可以找到更好的對象。

心態四：談戀愛不是為了應付人

　　妳為什麼想談戀愛？是為了已到適婚年齡好想當媽咪？還是被父母親催婚所以要趕快談戀愛希望能滿足他們的心願？要知道強摘的瓜不甜。為了順從別人的要求或為了一個目的而談戀愛，戀情往往都不會盡如人意。

　　每位女人一定有一位 Mr. Right 在等她，等不等的到就看這位女孩子有沒有正確的四種心態，有了好心態就等於做足準備、邱比特隨時都可能射中妳喔！

女人的生活要優雅

文：粉妹

　　粉妹的交通工具不是靠大眾運輸、就是自己的兩隻腳，所以也是不折不扣的捷運族，在搭公共交通工具時粉妹總有些小小的意見～首先在搭捷運時：當警示聲響起時為什麼總有些女人想在最後一秒奮不顧身地衝進捷運車廂裡？然後是搭火車時：總有些女人還沒到站就打包行李、然後排長隊跟著火車向前運行，粉妹此時心中就會出現 o.s：「妳們究竟在趕什麼？」

　　女人必須要優雅：而慢生活就代表優雅。怕趕不及搭捷運為什麼不早一點出門？或者等下一班也可以啊！火車還未到站為何要先拿好行李？不優雅的動作，感覺就像在逃難！

　　全世界的人都認同法國女人的優雅是出了名的，她們的優雅很簡單而且很自然，下列六點女人們一定得做到。

一、慢食才優雅

　　法國女性認為不管做什麼事情，都一定要有克制，即便飲食也是如此。她們強調慢食主義，注意一日三餐飲食，為自己制定一套完美的飲食計畫，確保每一天攝取的熱量剛剛好，才能讓身體有能量消耗、又能讓身材維持窈窕。

　　法國女人身型大部分偏瘦，因為她們吃得是質量而非大量，不餓的時候就不吃，即便晚上也吃得少，而且不吃零食，就能保持曼妙體態。

二、從小養成持之以恆的習慣

法國女性認為持之以恆非常重要，沿用在保養上也認為肌膚與身體健康同等重要，用對的產品與自我培養就是一種審美觀，難怪法國女性不論到幾歲，都擁有著完美的自我態度與姿態。

三、口紅很重要

法國女人的包包裡會放兩支口紅，白天是霧面唇膏、晚上則是性感的光亮唇膏，即使沒有換衣服口紅轉變也能帶來不同的優雅風情。

四、香水是夥伴

香奈兒女士說：「不擦香水的女人沒有未來。」法國女人酷愛香水，且希望香水能傳遞自己的味道，出門前會依照當天的心情或場合噴上不同風格的香水氛圍。

五、不會貪心

法國女人不會一味追求多，戴金飾品不會同時戴銀飾品、穿的衣物不會超過三種顏色、穿低胸款式不會同時露腿，她們明白刻意討好只會讓人反感，less is more 才是永恆的優雅法則。

六、不怕老但是要優雅

　　法國女人不害怕變老，因為她們認為女人在每個年齡都有不同的美，而且藉人生經驗的累積也能由內而外散發成熟、令人心動的魅力。

　　不怕老但是一定要老得優雅，以慢生活累積優雅本質，讓優雅地老去成為她們的生活態度。

　　女人啊下次有任何原因急噗噗時可以想一下法國女人的優雅：就將腳步放慢一點吧！

花少錢感覺像金主

文：粉妹

年底是百貨公司週年慶的旺季，粉妹不免也去掃了一些心頭好，突然想和大家分享一些購物心得：究竟要如何讓花少錢看起來像大金主？

所謂人要衣裝、佛要金裝，粉妹在週年慶買的東西不外乎是衣服、化妝品、鞋子，與包包，打扮起來別人總以為粉妹是個衣食無缺、上班只為了交朋友的富家女、其實粉妹是靠自己打拼、口袋不深的文字工作者，會有這樣的印象無非看粉妹的打扮十分精緻有型並有個人風格，粉妹購物十年數累積出五項準則，把它記下來，以後花小錢打扮別人就認為妳是富二代！

一、穿著理念上

粉妹的穿著理念都是以簡單大方與 Mix & Match 為主，這種穿法讓粉妹不致於負擔太重、又有時尚風。其中 T 恤、牛仔褲都是連鎖品牌的簡單款式，每季看情況買一、兩件貴一點的上衣。此外要省錢還有個重點，就是妳不能發福！多年下來體重不要落差太大，購買的服裝才能一穿再穿、讓人感覺妳好像又花錢買新衣！

二、衣服美妝上

粉妹很挑衣服的版型，認定了就不會輕易變心。而且粉妹很重視衣服細節：如扣子縫歪的、衣角有線頭的、甚至於染色染得不均勻，這些品牌都被粉妹視為拒絕往來戶！至於美妝品牌粉妹會拿各種試用品找出最適合自己膚質的產品，決定了通常也不太會更換，此外國內的保養品牌大多會員制，妳可以加入會員，還能累積點數換取更多優惠喔！

三、購物地點上

依妳平日的路線圖找出離妳最近的商場或百貨公司、以後盡量在那裡購物。這些商場或百貨公司本身也有行銷團隊，會依一年中各種節慶推出優惠活動，有些優惠很吸引人，所以這些店家的優惠千萬不要錯過。

四、跟一、兩位櫃姐很熟

粉妹有一個很喜歡的鞋子品牌，常常光顧所以和櫃姐很熟，那位櫃姐除了掌握折扣資訊幫粉妹省荷包，某次居然讓粉妹以員工價買鞋、足足打了六折（雖然只有一次）！粉妹和另一個連鎖品牌的櫃姐也很熟，熟到會寄放所換到的折扣券在我專用的櫃子！

五、身上穿的拿的不要破

　　妳看過富家女穿的或戴的是破的嗎？除了明顯的皮包刮到了、衣服破了，還有不容易注意到的絲襪勾絲了、扣子掉了也是粉妹無法忍受的事情！小資宛如富家女的重點在於穿著整整齊齊、體體面面，破掉的東西不適合，就扔了吧！

　　把握住以上五點消費法則，妳就能以小資宛若富家女，這可是依本人經驗而真心不騙喔！

慢一點女人更順利

文：粉妹

　　南部生活步調比北部慢嗎？粉妹覺得北部生活步調好快，快還不打緊，怕是因為快而磨掉了女人原有的恬靜與包容。

　　這種快不是處事明快、快馬加鞭的快，而是毫無章法的快。快到不想排隊而插隊、快到很多女性怕當"剩女"、找個人急忙結婚然後因為遇人不淑而自怨自艾。有時候"慢"一點不好嗎？世界上最不懂"慢"字怎麼寫的應該屬法國了！對法國人而言，大多不知道什麼叫"過勞死"。對他們來說生活的目的並非汲汲營營地賺錢，而是工作和享受同時重要。

　　法國人生活節奏雖然慢，但並非懶惰和拖拖拉拉。他們慢而有序、慢中有樂。上班步伐總比下班跨得大，辦公室講話總比家裡講得快。但夜晚年輕人喜歡抱本書讀，老年人則對填字遊戲感興趣。街頭咖啡館傳出悠揚樂曲，燈紅酒綠伴隨進餐者身影，此時即感受到法國人放慢腳步正在享受人生。以進食而言，每餐都散發菜肴香味，從開胃菜、到主食與甜點，法國人注重進餐時間和氣氛；當有客人來臨時更會擺出精美餐具、並以當地特色菜餚加以招待。

　　所以女人啊！不要再如無頭蒼地瞎闖亂忙，現今妳應該了解慢活與慢食。**何謂慢活呢？**當生活步調漸漸都市化就過得匆忙，但慢活並非動作慢，而是讓生活過得悠閒，增加生命的厚度與心靈的平靜，讓身心靈合而為一。因為「慢活」所以能掌握自己的生活節奏、沉澱自己的心靈，最後讓身體保持在穩定機能中。

何謂**慢食**呢？它並非「慢吞吞吃東西」、而是「仔細品嚐料理」，從吃去感受生活的品質，最終傳達的價值觀並不限於餐桌上、而是對大自然生活方式的全方位尊重。

所以女人們、慢即是快！當妳在餐桌上匆匆吃完一頓飯，卻無法細細品嘗食物的滋味；當妳快速經過每個旅遊美景，卻忘了駐足欣賞一隻鳥的神態；當妳少了人與人交流的機會，因追求效率卻失去生活品質、對生命就只存忽視。你可以在腦子裡事先仔細籌畫，但凡事可以慢慢來。講話也講慢一點，吃飯吃慢一點，走路步伐也可以放慢一些，無論跟妳的老公或所愛的人相處模式也可以放慢一些，說不定妳能看到他的動作或聽到他說的話、是妳從未發掘的呢！

伴侶旁邊的妳臉龐該這樣

文：粉妹

感情對女人重要。有了伴侶不一定會對工作、個人有實質幫助，但會讓心靈踏實，做什麼事都很起勁！大部分女人在面對伴侶或尋找伴侶時，最在意自己的妝、髮型、或穿著夠不夠完美，其實這一點也不重要，妳只要有一張精緻的臉龐以及做妳自己、就夠了！

粉妹認為要有精緻臉龐應裡應外合、內外夾攻，還要有充足的睡眠與規律的作息時間。牢記以下五點，讓妳的臉龐好精緻，和伴侶再靠近一點也沒關係！

一、清潔徹底妳就成功了一半

即便妳的臉完全素顏沒上妝，但外界髒空氣、灰塵、空汙，以及肌膚本身分泌的皮脂、汗水，都會為肌膚帶來沉重的負擔！如果肌膚清潔不到位，就會導致毛孔堵塞；反之若能徹底清潔，就能讓後續保養順利被肌膚吸收，讓妳事半功倍！

二、請做個面膜控

將面膜敷在臉上，所有養分都能緊緊包覆，達到柔軟嫩滑與彈性十足的效果；毛孔也容易張開，有利於清除毛孔內的灰塵，油脂，皮屑；能收縮毛孔及避免出現痘痘與粉刺。妳可以針對肌膚需要選擇保濕、彈力、或亮白等不同效果的面膜，但一定要了

解外包裝說明，使用時間每次大約 15 分鐘即可，不可過長、否則會讓肌膚乾燥脫水。

三、關於豔陽能躲就躲吧

陽光是人體的好朋友，卻也可能是肌膚的敵人。陽光中的紫外線會對肌膚造成傷害，例如：提前老化、產生黑色素斑點、讓肌膚變薄、彈性變差等等。陽光紫外線可分為 UVA（波長 320-420nm）、UVB（波長 275-320nm）與 UVC（波長 200-275nm），以 UVA 與 UVB 造成的傷害最巨大。

所以，想要有健康膚質，就要避開陽光紫外線。由於全年都有陽光，出門前一定要防曬（秋冬時防曬系數可以低一些）；行走時就走在騎樓下，想要有美肌逆天、這件事一定要做到！

四、時時關注自己的容貌

早晨醒來時第一件事就是照鏡子看看妳的臉龐、走在街上無意中也從車窗反射看看自己的肌膚有無異樣。這並非自戀，而是要隨時知道自己的肌膚狀況。是太乾了嗎？或者冒出痘痘？還是昨天待在戶外太久好像變黑了？有小問題就由內而外解決它，讓自己隨時擁有好心情。

五、正常作息就能幫助逆齡

正常的作息時間，對逆齡絕對有幫助。看看那些美魔女，有哪些是成天熬夜、三餐不定時而養成的？正常作息中最關鍵的是睡眠。請注意人體的造血時間是在午夜，建議在晚上十一點前入睡，才能儲備最好的機能。不能先熬夜隔天再補眠喔！一定要根據正確的生理機能睡覺，妳的肌膚才對得到最好的回報。

做個有另一半的女人，是一種很累但是很幸福中的事。趕快掌握妳的精緻臉龐，加入"有伴女人圈"吧！

城裡大小事

文：粉妹

　　粉妹覺得「天時、地利、人和」對任何事情都很重要，是事情圓滿成功者最重要的三要素；在聊這個題目前、粉妹要說說台北城裡的小事。

　　台北某天晚上下大雨，粉妹下了公車後一手抓緊雨傘避免它因強風而"開花"、另一手拿著大包小包，且因為深夜冷風迎面襲來、粉妹只能縮著身子奮力向前走，此時卻有兩位傳教人員對粉妹傳教！粉妹對所有宗教都保持敬意，但是面對當下又冷又有雨的狀況、粉妹只能搖搖頭並說謝謝、然後繼續奮力地走著！

　　這些傳教人士和平常在街上發傳單的專櫃小姐都有相同的問題：就是忘了「天時、地利、人和」的重要；不要以為「天時、地利、人和」只能討論大件事，其實從發傳單、傳教這些小事就可略知一二。如果之前的傳教朋友在傳教時可看看當時的天氣、時間、及要傳教的人，就知道以當時的「天時、地利、人和」，這個傳教手法肯定不會成功！

　　發傳單者也有無視「天時、地利、人和」的盲點。粉妹是捷運族，走在捷運站旁常有發傳單者遞給粉妹各種品牌的各種大小的傳單，但秉持行動辦公室的粉妹走在路上通常左手拿小筆電、右手拎環保包，不斷有傳單遞過來就讓粉妹心中納悶：難道這些派發人員沒看到粉妹兩隻手拎著東西拎好拎滿、沒辦法拿傳單？或是他們認為自己的傳單很有吸引力、能讓粉妹放下手中的東西然後拿了傳單仔細閱讀？

　　就「天時、地利、人和」而言，前述的傳道人員想在當時傳道這三點卻完全不及格；捷運站旁的發傳單者出現在人潮聚集的捷運周邊、也選擇在上下班時段，雖然符合天時與地利、但是敗在人和！粉妹以前在美妝品牌任職公關，也因為「天時、地利、人和」讓工作如魚得水。品牌公關要求媒體曝光 KPI，在競爭激烈的美妝市場如何讓自己的品牌曝光一枝獨秀？粉妹在「天時、地利、人和」的策略下於每週二與週四間舉辦記者會（不要週一，很多記者忙著處理上週的稿件；也不要週五，免得記者連週休二日休假玩樂去；當然也不要週休二日，產品發表哪能和家庭日相比？），符合了天時。

　　記者會的舉辦地點都在捷運站附近，也有停車場，方便以公共交通工具或自行開車前來的記者或編輯，符合了地利。

　　而最重要的人和，粉妹摸熟了編輯記者的"套路"。不同記者各有工作習慣，某些媒體人員週六、日聯絡也 O.K.，某些媒體人員只會冷回妳：我休假時不談公事，了解個人習慣不同，以後工作就順利了！

　　所以想完成任何事情要先了解「天時、地利、人和」，完全符合自會讓妳有如神助：一飛沖天！

搶眼女人一定有這五點

文：粉妹

有些女人五官個別看不怎麼樣、合在一起卻越看越順眼。粉妹雖然是女人，也喜歡這些搶眼的女子，發現有五點在她們身上一定找得到，究竟是那些呢？

一、穿的衣服不勾線、腿上的褲襪不勾絲

不一定要穿名牌衣服，也不一定要穿新衣（新衣居然會勾線也很扯），但是令人欣賞的女人身上穿的衣服一定整齊清潔，不會勾線、鈕扣不會少一顆、衣服上也沒有食物滴下的湯水痕跡。如果穿絲襪絕對不會勾絲，這些女性將自己整理得乾乾淨淨而且注意細節，讓人看了很舒服。

二、指甲油該卸就卸不掉漆、指甲修得很整齊

很多女人習慣在雙手塗指甲油，但有些人即使指甲油剝落也不介意、在指甲呈現"色彩斑駁"的另類感！但這些搶眼的女人若在雙手塗指甲油、稍微掉漆也會立刻卸除乾淨；而且指甲一定要修剪得很整齊！至於指甲油顏色他們最喜歡粉膚色的法式指甲，不要讓指甲油顏色搶了她們的光彩，就是這些女性的真正心意。

三、提前十分鐘出門而且永遠不遲到

搶眼的女人不會遲到，若與人見面也會提早五分鐘抵達。別以為要受萬人矚目就必須遲到，這個已經落伍了！這些女人會提

早出門是為了讓自己能不疾不徐抵達目的地，不必在捷運月台搶著門關的最後一刻擠進車廂裡、也不會狼狽地到了約會現場跟人見面卻發現自己忘了畫眉毛。

即便一人出門這些搶眼的女人動作也慢慢的，說話慢慢的，連吃東西也慢慢的。她的打扮不一定很時髦，但是獨有的氣質就是很耐看。

四、說出的話如果沒意義就不說

這些搶眼的女人說話是很有分寸的。"請、謝謝、對不起"這些基本的禮貌一定有，不會和人生疏、總會閒聊幾句，但她不挖人隱私、也不會說沒意義的話。跟他們聊天讓粉妹覺得很受用，因為經由她們的經歷或看法讓粉妹有另一種觀點、可說是如沐春風。

五、不計較總是笑臉迎人

最後這些讓人欣賞的女人還有個共通點、就是不計較與笑臉迎人。會看面相就知道，這些女人的嘴角總是上揚，連不說話都感覺她滿臉笑意。無論工作或生活上，她都秉持著「大事篤定、小事不計較」，因為她知道：人與人相處和諧最重要，計較而破壞和諧、這又是何必呢？

25 歲後一定持續美膚三件事

文：粉妹

25 歲是肌膚老化的分水嶺。25 歲後，人體自然生成的膠原蛋白含量會逐漸下滑、代表老化問題的細紋也會漸漸冒出來！要讓肌膚跨過歲月分水嶺仍然恆久如常，除了要提早做抗老保養，粉妹提醒 25 歲後的輕熟女們一定要持續做以下三件事！

一、重視洗臉

也許妳會這麼說：每天本來都要洗臉啊，這有什麼稀奇的？

外在環境混亂，包括空污、汽車廢氣、髒空氣，還有肌膚每天分泌的油脂，讓妳不上妝整天宅在家仍需要洗臉，所以洗臉洗得正確、肌膚保養就是成功的一半。但該如何正確洗臉？必須視本身膚質決定洗臉產品。如乾性膚質建議使用無油凝膠或溫和洗面乳，能深層淨化並徹底清除不需要的殘留物質。

若是油性膚質不要因為肌膚偏油而用清潔力特別強大的潔顏產品，以免破壞肌膚油水平衡、讓肌膚越洗越油！建議選擇含酵素、偏鹼性的潔顏產品。混和性肌膚應使用具有保濕能力、洗淨後也能感受滋潤的潔顏產品。

二、持續敷臉

敷臉的目的是加速肌膚老廢角質的排除，讓膚質更通透與細緻。只要人活著，肌膚每天都會產生老廢角質，所以一定要持續

敷臉。請注意這裡指的是"敷臉"，而非用美容工具去除角質，若頻繁去角質會破壞肌膚本身紋理，反而傷害肌膚！市面上許多水果及食材都有不同功能的敷臉效果。蘋果切塊或香蕉打成泥狀，敷在臉上 15~20 分鐘後洗去，能促進肌膚亮白。洗淨小黃瓜、苦瓜後再切成薄片，敷臉 10~15 分鐘有助於淨白；曝曬後將西瓜皮敷在臉部紅熱處，能減輕曬傷紅腫或脫皮現象，是很好的曬後修復方法。

此外也可以藉面膜敷臉。可以選擇有特定功能的面膜，交替著使用，才能肌膚最完整的功效。無論想為肌膚深層保濕、透亮美白、或者幫助肌膚去除暗沉及老廢角質，都可以藉面膜越敷越見效！可挑選某些品牌的面膜具備珍貴蜂王漿水解蛋白與高親膚性角鯊烷植萃成分，能有效提升肌膚修護功能，讓敷臉後的肌膚呈現最好的效果！

三、保養品也要換季

換季時妳會添新衣、買新彩妝品，別忘了也要更換保養品！所謂不同季節的保養品、簡單地說就是因為氣溫與濕度的不同而微調或添加成分。夏天很熱，所以保濕與控油度強；秋冬時節需要滋潤成分強的保養品及增加修護功能，以減少脂質的流失。

美膚三件事很簡單，持續做下去，年齡對女人而言就只是個數字罷了！

養成六種日常讓顏值再提升

文：粉妹

有句話說「女大十八變」，在同學會與多年前的同學重逢時，會不會驚覺對方變化大到可能讓妳認不出來，沒整容或整形但就是變得超漂亮！粉妹認為只要培養好七種「日常生活習慣」就能提升自己的氣質，只要氣質提升顏值就加速暴增！以下告訴妳六種日常養成，達標後妳的顏值就會破表！趕快來努力吧！

一、指甲要衛生

很多女孩忽略這個細節，指甲太長或是露出指甲油已"落漆"的部分指甲，不僅不衛生而且也不好看。建議妳定期修剪指甲，然後當指甲油剝落就趕快卸掉吧！雙手也別忘了塗上護手霜、讓美達到指尖！

二、前一晚燙好隔天要穿的衣服

女孩子穿著若宛若一身梅乾菜怎麼會有氣質呢？為了避免時間緊迫，妳可以在前一晚上燙好隔天出門要穿的衣服。即便只是穿襯衫配牛仔褲，但衣領皺巴巴會讓人覺得很邋遢。因此想要引人注意這可是重要的關鍵！

三、不要抖腳

不要懷疑，部分女性也會不自覺抖腳！如果就是妳務必要改掉這個壞習慣。它不僅會影響個人形象，也會讓旁人感到厭惡。

粉妹有個親身經驗：一旁有位男生好帥但不停抖腳，抖得讓粉妹頭暈乾脆換位子，所有邂逅浪漫瞬間一掃而空！所以老祖先說：男抖窮、女抖賤，絕對有道理！

四、注意言行

言行代表妳的內在修養。少說話，說每句話前都要三思，為什麼要說？說了會有什麼結果？不該說的話就不要說。和人聊天時要養成讓別人把話說完再說的習慣，插話不只沒禮貌、也會讓人覺得你不懂傾聽。

五、有主見

有自己的主見和立場非常重要。有自己的想法、思想獨立，這樣的女孩會散發出不一樣的氣質，相較於沒主見的女性更容易受吸引。此外有主見讓妳懂得獨處，有時候一個人反而更自在，獨處的過程也能讓你與自己對話、活得有尊嚴。

六、表情管理

這是社交場合重要的儀態與形象。所謂伸手不打笑臉人，保持笑容是基本配備，公眾場合若想打哈欠記得摀住嘴，千萬不要張著大嘴、露著牙，這樣才不至於失禮！說話時永遠保持：「請、謝謝、對不起」以及輕聲細語，用聲音來強化自己的氣質。

他，真的愛妳嗎？

文：君靈鈴

在愛情的道路上，可能有人一路很順遂，也有人一路跌跌撞撞。

有人想著我們就勇敢去愛，付出所有就會有好結果，有人則想我得眼睛放亮點，那麼出錯的機率就會減少。

然而如果選擇勇敢去愛卻受傷，那可能是忽略了什麼，因為魔鬼通常隱藏在細節裡。

#口中說愛，眼中卻無自信

飄忽的眼神，但嘴裡卻吐出「我愛妳」，這能信？

妳問他愛不愛妳時，他眼神閃避不定敷衍了事，在愛情中如果得不到真誠的眼神交流，他口中的「我愛妳」就毫無意義。

#愛斤斤計較，多付一元都嫌多餘

請注意，「節儉」跟「小氣」是不一樣的。

他節儉很可能是因為原生家庭或是個性使然，但如果他愛妳，他不會去跟妳斤斤計較，可如果他就是小氣鬼，那這多付的一塊錢就會變成怨念糾纏著妳。

#說我只對妳好但其實他對誰都好

妳覺得他很好，但其實他是在做口碑的，認識的人都說好，一切無差別待遇，那妳還覺得自己在他心裡很特別嗎？

#承諾給了很多，但實現的沒半個

說好共度一生，但前頭什麼承諾都沒實現過，妳認為呢？

#只會跟妳伸手，裝可憐是他強項，說他吃軟飯會生氣

首先，拍掉他的手，然後跟他說別再裝可憐了，我不需要只會吃軟飯的傢伙，然後歡樂的送走翻臉的他。

愛人之間、夫妻之間，不管什麼都需要平衡點，如果感情、金錢都不能取得平衡，甚至他還是個脾氣暴躁的人，先不管能不能長久，妳的安危才是最重要的問題。

#他好像很完美，但人有誰是完美的？

不要被假象蒙蔽了雙眼，他在妳眼中的完美，很可能是塑造出來的。

白馬王子或許是個完美情人的標竿，但現代社會，誰還會騎馬出行？

#他朋友什麼樣，他很可能就是什麼樣

近朱者赤近墨者黑，不管他跟朋友之間是誰影響誰，總之能成為好哥兒們總是有某個程度上的相似。

他是好是壞，他好友身上應該可以看出一些端倪。

#別被花招迷惑，他可能只會花招其他什麼都不會

花招是好看，有時候也會讓人很感動，但好看跟瞬間的感動過後呢？

妳是要跟他過日子的，不是要看他自我訓練進入馬戲團的。

#約個見面藉口一堆，他是真的忙嗎？

如果他愛妳，他就不忙，如果他不愛妳，那他就很忙。

記得上次聽志玲姐姐說為什麼選擇現在的老公，就是因為在她最脆弱時，他越洋給予了最溫暖的陪伴。

#愛他可以，但千萬記得愛自己

在任何情況下，都別失去自我，多愛自己一點，在人生的道路上很多時候我們會遭遇困難、痛苦甚至瀕臨崩潰，但記得要時時鼓勵自己。

很多時候，光明與黑暗，選擇在自己。

在平凡中找尋自我

文：君靈鈴

這個世界是現實的，這句話相信很多人都認同，而這個世界現實在什麼地方呢？

這一個問題相信有很多不同答案，而最常被提的到大概就是「容貌優劣」這個議題了。

很多人都說，美女機會總是比較多，也有人說美女到哪裡都吃香，更有人認為美女一出生就是天之驕子，很多事不必努力就能直接收穫。

但事實是這樣嗎？

基本上機率是一半一半吧，這個答案沒有絕對，因為若是太肯定，鐵定會有人出聲抗議，說她美的不可方物卻依然一事無成。

不過，先撇開美女這一個被稱為上位圈區塊的人們，難道平凡的人就是注定比美貌的人要更辛苦嗎？

老天爺如此不公平的原因是什麼？

這或許是很多相貌沒有那麼出眾的人心中時常冒出的疑問，但容貌平凡不是罪，平凡也不是壞事，平凡也可以很不平凡，重點是自卑感撇除了沒有？

還沒出擊就覺得自己一定輸給美女？

平凡如我，怎麼可能贏的了本就在上位圈的那些人？

就算努力精進自己，但是太平凡，卻屢屢被忽視導致實力無法發揮，也沒有得到該有的舞台與報酬？

得到好處永遠是顏值高的專利？

真是這樣嗎？

如果一直這樣想，那事情就真會這樣發展，因為沒有自信，沒有找到自我價值的女孩，會讓她的平凡層級更加升級，到最後說不準在別人眼中就成了一個隱形人，誰也看不見，因為她不肯去發掘自己的好而是只懂得羨慕別人，卻沒發現其實如果自己有自信、一些多努力、一些再多肯定自己、一些也更勇敢一些，她的平凡也可以成就璀璨的未來。

平凡又如何？

平凡不是一件需要自卑的事，該自卑的是那些金玉其外敗絮其內的那群人，她們空有外表卻是草包，就算一時得意也會在一段段考驗的洪流下被淹沒，只有認真善良、努力向上、肯定自我的女孩才會贏得最後的勝利。

所以，如果很平凡，那就努力讓自己變得不平凡吧！

或許可能會比上位圈的人辛苦一點，但人們不是總說辛苦栽種後嚐到的果實比隨意栽下的收穫更甜美嗎？

看清但不看輕自己，每個人都有不同的長處，外貌輸了又如何？

實力強就是王牌，個性好就是吸引人，只要找尋到自我的價值，平凡終究會變成被無視的兩個字。

結束不代表是結局

文：君靈鈴

盼盼一臉震驚看著神情低落的阿芳，覺得自己怎麼樣也無法消化阿芳剛才所說的話。

「什麼意思？什麼叫多多她走了，走去哪裡？」

語氣有點顫抖問出口，盼盼內心盼望著答案別是自己所想的那樣，但偏偏事與願違，阿芳一個往天上指的手勢，讓盼盼的眼淚瞬間落下。

「想不到她就是走不出來，我們守著她守了好幾個月，沒想到看起來已經恢復正常的她根本沒有放開，到底為什麼要為那種男人走到這種地……步……」

阿芳的語尾充滿了嘆息聲，伸出手抱住盼盼，但自己的眼淚也是控制不住，一對好姊妹就這樣抱在一起哭。

「情傷」兩個字，是某些人無法克服及跨越的難關，就算時間流逝但心痛依然還在，被不能釋懷的情緒緊緊包圍而感到喘不過氣，「情」這個字自古難解，而受到的傷痛比起其他事對某些人來說更是難以平復。

但就算如此，也不該輕賤自己，人生中的過客很多，遇到的困境與阻礙也從來沒有少過，就算再難過再心痛，也請不要因此讓身邊關懷自己的人為自己一次錯誤的相遇一同感傷。

　　既然是一次錯誤的相遇，既然他不珍惜妳不想愛妳，那麼何不放過自己？

　　可能一開始會很困難，可能無論如何都覺得自己走不出來，但倘若都不試試，那就會一直被黑暗籠罩，看不見光明。

　　雖然有句話叫「下一個不一定會更好」，但倘若不敞開胸懷去迎接，怎知道到底好不好？

　　或許有人會因前次的失敗而懼怕下一次的失敗，怕自己又受到傷害，倘若如此，那也請別完全封閉自己，別讓自己把自己關進自己心裡構築的監牢裡，還對自己判了無期徒刑。

　　有時候，稍微過分的多依靠依賴別人一些並不是件壞事，更甚者或許他們還很樂意在妳需要幫助的時候伸出溫暖的手，請別拒絕這些好意，請別讓這些人的關心與暖意成為泡影。

　　心再痛，只要還願意多愛自己一點，願意接納他人給予的溫暖，那麼痛楚終有一天會過去，到時候迎接嶄新的世界，就變成一件可喜可賀的好事了。

　　一段戀情的結束不等於是人生的最後結局，結束或許讓人不捨不甘願也感到心痛，但在感覺到這些情緒之餘也請想想自己。

　　真要讓自己的人生為了不值得的人劃下如此不完美的句點嗎？

　　真要因此放棄一切且完全不顧真正愛自己關懷自己的人嗎？

雖然是老調重彈，但放過自己就能擁有嶄新的自己這句話絕對有一定的道理，絕不是廢話一句而已。

走或留

文：君靈鈴

　　勉強沒有幸福，這句話很常見，但自身真正遇到時能夠灑脫轉身離開的人其實僅是少數，可能是因為內心有太多委屈也可能是付出太多無法抽手，而這類情況就化為三個字「不甘心」。

　　但其實緣分這兩個字看起來簡單實際卻很深奧，所謂「有緣無分」、「一面之緣」、「天賜良緣」等等，都是在訴說緣分這兩個字的多種面貌。

　　有些人或許跟我們有緣，但緣分很淺，僅一面或是僅幾天，也有人與我們羈絆很深，這個緣分一牽起，或許就是一輩子，緣分就是這麼奇妙，它的奧妙是我們無法去深究的，因為有時候沒有邏輯沒有道理，忽然的牽引跟忽然的消逝有時只是一瞬間，而在感情上也是同樣。

　　有些人在一瞬間讓我們動心了，相處下來發現雖然有緣分，但卻不是長久停留在身邊的那種，這時候該讓緣分延長還是就此結束，就是一個很重要的選擇。

　　追逐是一件很累人的事，而在愛情上若是一直都是那位在追逐對方的人，其實並不是一件好事。

　　在妳勉強他也勉強自己的同時，愛情已悄悄變質不再純粹，反而好像成為一種任務或是目標，好像不達到就會天地毀滅，然而事實是只要放手妳就能讓自己好過些，但有些人就是不願意。

　　為什麼？

　　因為不甘心，覺得自己付出太多如果放棄那一切都白費，因為太委屈，所以如果沒有得到相對的回應就覺得不值得，但何不試著想想，如果因為不甘心、不想白費、不值得而繼續追逐著不願意回頭看妳一眼的人，時間就這樣浪費下去，人生就這樣虛度下去，這樣就會甘心不覺得白費且很值得了嗎？

　　不該是這樣吧？

　　如果正在追逐，請暫時先停下腳步，看看前方的那個人有沒有一點回頭瞧瞧的跡象，如果連一丁點都沒有，那就該想想自己是否該果斷轉頭離去，而不是在繼續追逐著永遠觸碰不到的遠方。

　　在這種情況之下，要走要留是可以自己選擇的，只要端看妳要不要而已？

　　或許有些人會說，談何容易？

　　但世界上很多事本就不容易，需要去克服才能擁有另一天屬於自己的天空，感情上也一樣，守著不願意愛自己的男人，為他做牛做馬鞠躬盡瘁得來的若是他冷漠的回應，這又何必呢？

　　有些事，想法或許該試著自私一點點，多愛自己一點並不是件壞事，請別守著不可能到達的永恆還催眠自己有一天終會到達目的地。

不該習慣

文：君靈鈴

有人說習慣是很可怕的一件事，這句話所言不假，而如果放在愛情裡，這句話的意義就更值得注意了。

這是為什麼呢？

首先，假如妳的愛情一切平順甜蜜幸福，他很愛妳很疼妳，那此篇文章其實可以略過，但如果妳心裡有一點點疑慮，那麼不妨接著看下去。

每個人幾乎都不喜歡被強迫做任何事，非心所願去做一定是不情不願，但倘若逼迫妳的人是妳自己的話，那這個情況就不是妳應該樂見的情況。

愛情總歸該是美好的，雖然很多時候會被現實情況打壓，但兩人之間的愛總該是甜蜜的，就像有些夫婦一路互相扶持，日子雖辛苦卻甘之如飴，因為他們相愛，彼此互相尊重，懂得替對方著想，知曉對方對自己的付出，互敬互愛所以日子辛苦無妨，他們的愛是甜蜜的美好的。

可如果今天妳發現事情不對勁，看著攤在那裡的男人，他吃妳的、穿妳的、用妳的已好一陣子也就罷了，不如他意還對妳惡言相向，甚至有暴力傾向，這時候請不要用愛來說服自己，逼迫自己習慣之餘還催眠自己有一天情況會變好，因為妳愛他，而他「應該」也愛妳，而他一定會在妳滿滿的愛感化下成為一個偉大的人，就算他一臉認真對妳這樣保證，也不要輕易相信他，然後

拼命告訴自己習慣了就沒事了，他就是這樣的人，雖然在一起前不知道，但現在知道也沒關係。

怎麼會沒關係呢？

哪裡沒關係？

為了這樣的男人委屈了自己絕對不是一件值得的事，只會讓自己墮入更悲慘的境地而已。

或許這麼說可能太決斷，但百分之八十絕對真實，可女人的青春有限，就為了那百分之二十，真要這樣繼續賭下去嗎？

賭有一天他會開竅會發現妳對他付出很多會察覺妳就是這個世界上最愛他最願意為他犧牲的人，然後從此為了妳奮發向上成為一個有用的人嗎？

別這樣浪費自己的青春，也別逼迫自己去習慣任何不合理的事，尤其是在感情上，有些男人一旦發現妳被他吃定了，心甘情願被吃得死死的，那麼情況通常不會往妳想像的那方去發展，甚至還有可能在時間拖久了而妳終於醒了之後衍生出更糟的情況，例如玉石俱焚之類的。

不該去習慣的事就別逼自己習慣，愛情可以是女人的一切，但絕不代表毀滅，多為自己著想多愛自己一點，才是善待自己的方式。

看不見

文：君靈鈴

　　有時候，追求某一種理想太過就會看不見其實適合的就在身邊，蕾蕾就是這樣的人。

　　而當她人生有好多年的時間都浪費在追求自己的理想上後她發現，自己看上的理想到最後卻都變成了惡夢，這讓她很沮喪，在夜深人靜的時候她總是看著窗外星空問上天，難道想找到她心目中的理想型有這麼難嗎？

　　但其實蕾蕾忽略了一個重點，那就是她腦海中的理想型其實不一定適合她，她想要王子，但忘了自己其實也挺像公主的，雖然童話裡傳達的幸福總是說公主必須跟王子在一起，但事實並不一定如此，至少蕾蕾是不適合的。

　　她有點任性也很挑剔，外表像公主骨子裡也有點公主病，雖然不嚴重但卻足以讓她理想的王子類型因為她症狀不重的公主病而甩頭離去，因為老實說很多王子也有王子病，只是程度輕重而已。

　　在愛情上這樣的兩人並不會因此同病相憐而是會相互排斥，這也是蕾蕾一直無法談一場理想戀愛的原因，因為她總是看高不看低，一心想找到自己心目中的王子，卻不知道其實王子不是真正適合她的人。

而其實在她身邊有個人已經默默守護她很久她沒發現，也該是說她根本看不見，在她眼裡身邊這個人只是朋友只是一個可以聽她倒垃圾的人，但她從來不曾把他當成另一半的人選考慮過。

一直的尋尋覓覓卻沒有結果讓蕾蕾感到很累，想要一個避風港原來這麼難她在經過這麼多年之後終於明白了，爾後一個姊妹一句話卻瞬間讓她傻了。

「妳是不是該想想，妳想要的真的是 OK 的嗎？」

這句話讓蕾蕾陷入了沉思，她想要王子，但是到王子身邊之後她總是覺得不對勁，所以不是她離開就是王子離開，所以也就是說她其實該找的不是王子？

這樣的問題困擾了蕾蕾許久，但長久以來堅持讓她無法輕易下定論，可就在這時候她家門鈴響了，開門之後一杯熱騰騰的拿鐵跟一份她最愛的草莓鬆餅讓她心頭頓時一熱。

「妳下午說想吃這個不是嗎？」

「那……那是下午，現在買來是怎樣？」

「我的大小姐，我剛下班就衝去買過來，還不夠誠意嗎？」

「……真可笑，明明現在有外送可以叫，你不會叫外送送來我家就好？」

「如果叫外送，誰聽妳倒垃圾？」

來人一副理所當然來當垃圾桶的模樣讓蕾蕾笑了，接過他手上的食物，心裡感覺暖暖的。

原來，她需要的是這種感覺，理所當然的溫暖，帶點自然不拘束的口吻給予她關懷，雖然眼前這位不是王子，但是卻是陪伴在她身邊很久的人，而她從來不覺得有什麼重要，但現在她卻發現他似乎才是最適合自己那個人，因為只有他真正把她放在心上。

原來，只是她看不見，但是真命天子早就在身邊。

對與錯

文：君靈鈴

「似是而非」這個詞可以用在很多事上面，但也有很多事僅有「對」與「錯」，沒有模糊地帶不是含糊就能帶過去，若是硬要推翻這個說法，只會聽到旁人不贊同或是嘲諷恥笑的聲音。

而在婚姻中，更是有很多事僅有對錯之分，如果選擇「不選擇」、「視而不見」又或是「說服自己把錯的事當成對的」而萬般忍耐，其實並不是一件好事，因為問題已經存在卻沒有解決，造成隱憂的後果或許就是有一天會如火山爆發般襲擊平靜的生活。

例如外遇、家暴、婆媳問題、親子問題、夫妻問題等等，都是女性會在走入婚姻生活後有可能會遇到的情況，而某一部分女性會在遇到這些問題時選擇當隻鴕鳥不處理又或是忍著祈禱有一天事情會自己結束導致最後心生了病而間接影響到身體健康。

有些事對就是對錯就是錯，不是硬說服自己接受這件事就會變成一件對的事，就拿家暴來說，暴力是一種不被認可的行為，且很多時候若是默認這種行為，那麼對方也不一定會收手，甚至可能會變本加厲，令深陷其中的女性苦不堪言。

忍耐或許是一種美德，但必須看用在什麼情況上，尤其是在暴力這方面，忍耐是最不需要的美德，不管是肢體暴力或言語暴力都會對人的心靈跟身體造成一定的傷害，而這種不應該被認同的行為卻還是有很多女性為了很多不同的原因而忍耐著痛苦著，但她們不知道也沒料想到的是當有一天發現自己忍不了時，卻是逼自己走上絕路的一個最大原因。

　　明明錯不在自己，卻是由受害者來承擔一切，這是多麼令人唏噓的情況，也很多人認為情況明明可以改變，為什麼不勇敢一點？

　　其實，說是很容易，但要做到對某些人來說卻是很困難，可能是個性使然可能是原生家庭影響可能因為愛，有太多原因讓某些人忍著痛苦過日子，卻沒發現自己早已負荷不了，身體與心靈都搖搖欲墜只要輕輕一碰就會崩潰瓦解。

　　或許在忍耐一切之餘可以多為自己想想，在夜深人靜時可以抱抱自己，仔細想想忍耐下去有無意義，或許某些事僅有對錯之分，但分辨出是件錯事之後可以逃脫的方法卻有很多選擇，不是非要忍耐才能解決問題，因為到頭來會發現事情根本沒解決只是不斷惡化而已。

愛可以是全部，包含自己

文：君靈鈴

有些女性把愛情當成全部，卻常忘記自己也應該包含在內。

為愛委曲求全為愛犧牲一切，而當遭遇失敗後卻把自己擺在第一位，認為自己就是那個讓一段戀情以失敗告終的罪魁禍首。

但真相是如此嗎？

其實不然，但某些女性都會因此一蹶不振，在戀情結束後仍不知道該多愛自己一點，在痛苦的海洋中載浮載沉，覺得自己即將被淹沒，而終點卻不知道在哪裡。

不諱言愛情在很多人的人生中占有很大的分量，向來被定位為比較感性的女性對愛情通常也比男性執著，當然不是全部，因為任何事都不能如此概括而論，不過的確有視愛為全部的族群存在，而且很容易愛的太過投入忘我而真的忘記了自我。

為了愛她們奮不顧身，費盡一切心力只為了讓一段感情無盡延續，忘了自己也該被愛被尊重，總是在對方的肆意妄為下忍氣吞聲，隱忍著不該隱忍的一切，因為她們認為愛情就是有一方該犧牲奉獻，愛情才能長久。

但這樣的觀念與遺忘自我的後果是什麼，她們卻從來不去細想，直到感覺到天崩地裂的那天又開始忙著責怪自己，想著是否自己哪裡不好，愛情才會離自己遠去。

　　然而，罪過可能並不在她們身上，但她們總不願意這樣想，無止盡的責怪自己之後甚至可能就此關上心房，等有一天她們又再度遇上愛情時卻又重蹈覆轍，陷入無止盡的輪迴中無法脫身。

　　一次又一次，像飛蛾撲火。

　　一次又一次，被烈火焚身卻甘之如飴。

　　一次又一次，望著他遠去的背影然後落下傷心的淚水。

　　一次又一次，責怪自己卻沒想到結束並不是一種自我原罪。

　　其實，沒有人規定不能把愛情當成全部，也沒有人說過愛一個人不能奮不顧身，但如果忘記自己也是主角之一，只是不斷的付出，終有一天或許因為總是得不到回應而心力交瘁。

　　愛情的美好在於彼此相愛彼此尊重包容，是雙向的而不是單向，只有當雙方都處於相同的情境中，愛情才能持久，單方面的積極努力維持並不能為戀情帶來更長的壽命。

　　多愛自己一點別人才會更愛妳，很常聽到的一句話卻總是有人聽過就拋諸腦後，在愛情裡失去自我而不自知。

　　愛情可以當成全部，但別忘了自己也包含在內，在這個圓圈中兩人都是主角，沒有哪一方是配角不需要被重視。

Wedding

文：君靈鈴

　　婚禮對女性來說是一件無比重要的大事，但男人總是不明白為何女人如此重視，很多時候只覺得籌備的過程瑣事太過繁瑣，甚至一點配合的興致也沒有，而往往這樣的態度就會造成雙方爭吵，更甚者還會影響到接下來的發展。

　　因陪過幾個朋友去挑婚紗，所以也遇過新郎也跟著到場的，而過程中新郎一副興致缺缺只要新娘問「這件好嗎？」然後新郎就回答「都很好」這個狀況其實並不讓人意外，因為無可否認其實挺多新郎在這方面的參與感很弱，對他們來說或許玩手機比看未來妻子挑婚紗要有趣多了。

　　撇開男方此刻是什麼心態不說，其實女方在這一刻是充滿期待與幸福感的，很少女人對婚紗沒有憧憬，不管喜歡哪種款式，總有自己喜歡的款式，而當穿上身的那一刻，滿足感不言而喻，因為說實話穿上婚紗的那一刻的確是女人一生中最美麗的時刻之一。

　　而除了挑婚紗之外，在正式舉行婚禮前的一切事務都分分鐘牽引著新娘的心，對女性來說這些事都是非常重要的，就算一時被說顯擺、虛榮、過頭也好，在女性心裡其實只有一個念頭，那就是展現出最完美的自己，為此女性可以發揮出前所未有的決心減肥以獲得最完美的體態，也可以為堅持自己的理想畫面而和任何人抗爭，婚禮這件事對女性的重要性不言而喻。

　　但其實除了上述的一切外，其實婚禮對女性來說還是一種宣告自己即將走入幸福與心愛之人共度一生的儀式，對女性而言，這個儀式不僅重要而且還得非常慎重，所以她們才會對事前一切籌備如此用心，因為在這個重要儀式上她們並不希望發生任何差錯，雖然有時候還是難以控制，但至少她們想留給自己跟伴侶還有他人的，都是一個難忘的回憶。

　　畢竟對很多女性來說，婚禮是一生一次的重要典禮，在這個典禮上她們是主角是焦點，當然不容許有絲毫出錯也不容許自己有任何醜態，展現最好的自己是很多女性在婚禮上追求的目標。

　　其實她們的訴求很簡單，就是想告訴大家她找到幸福，而且讓幸福牽著手走上紅毯，然後跟幸福一起接受大家的祝福而已。

　　幸福通常並非觸手可及，所以一旦得以順利走入婚姻，那麼宣告的前哨站對女性來說有多重要自然是從她們的謹慎和幾近吹毛求疵的態度上就能窺知一二。

炫耀不代表一切都好

文：君靈鈴

　　欣欣是個在外人看來非常愛自己非常奢侈對自己非常好的女孩，尤其是在物質生活上她對自己非常慷慨，所以通常全身名牌也喜歡交看起來體面的男友，而且完全不吝惜在社交軟體上炫耀她所擁有的一切。

　　這樣的她總是收到很多羨慕的目光，但沒有人知道其實她內心很空虛，這樣的炫耀就像是她一種保護色也像是她在催眠自己一切都很好，但其實她沒有那麼好。

　　但她不想讓別人知道她不好，所以她選擇把一切不好都隱瞞起來，刻意營造一種自己過得很愜意很自在的氛圍，使用社交軟體詔告天下，就是怕別人會因為她什麼都沒透露而去質疑她其實過的不好又或是內心空虛孤寂。

　　在她炫耀的同時，她可能只是在想，如果自己不這樣做，那麼別人就會發現她其實過的沒那麼好，雖說過的好不好其實不需要跟誰交代，但如果她的朋友群中有人似乎過的比她好，她就會湧起一種忌妒與競爭的心態，非要跟對方分出輸贏不可。

　　說到此，很多人可能會對欣欣下的註解大抵應該都是「虛榮」、「作假」、「欺騙」、「可笑」等等，但說真的，她自己也不好過，但她絕對不會在人前表現出來，即便聽到很多閒言閒語，她也不願意去在乎，她在乎的只有人們對她的印象是否停留在「她過的很好」這件事上。

而她實際上想追求的是什麼呢？

或許連欣欣本人也不知道，她只覺得如果自己不這樣繼續炫耀下去，她的生活就會更沒有重心，這種行為一旦開始，一旦有對象可以比較，就會像上癮般不可自拔，每天沉迷在今日又可以炫耀什麼上頭。

或許有些人無法理解，但無可否認欣欣的同類人也不少，每天活在社交軟體上，可能不至於到炫耀的地步，但彰顯的內容只會呈現出好的一面，生活的陰暗面絕不會出現在他們的版面上，因為他們不想讓別人知道。

只是假面終有被拆穿的一天，當陰暗面被赤裸裸揭發出來，能不能承受就是他們接下來的課題。

表面風光不代表骨子裡也富足，炫耀並不代表一切都好，過得好不好其實也不需要跟任何人交代，唯一要交代的只有自己，如果不斷用這樣的方法欺騙自己，那麼心靈只會更空虛而已。

不說「那個」會很「那個」嗎？

文：葉櫻

　　偶然看見網路新聞媒體對英國女性衛生用品公司 Bodyform 的幾篇報導，這家公司不同流俗，在自家的衛生棉廣告中，不循規蹈矩地使用常見的藍色液體，而是「大膽地」直接使用紅色液體。他們相信，這有助於打破月經在社會中的避諱性與神秘性，更能進一步消弭被汙名化的月經意象。而明明以紅色象徵經血，只是再自然不過的事，但在這之前，對藍色顏料習以為常、毫無感覺的我們，果然也早就被成俗的約束馴養了吧？

　　很多事情都是如此，一開始雖習以為常，但在一個人出聲疾呼後，便一個一個被叫醒，猛然發現，原來日常生活周遭，許多早已慣習的事情，其實都隱含著荒謬與歧視。

　　月經亦如此。仔細想想，便能舉出許多試圖隱藏它的例子：比如，在藥妝店買衛生用品時，店員會二話不說地拿出一個牛皮紙袋，貼心地幫妳裝起來，以防其他人看見；比如，在討論月經時，卻連名字也不好意思說，只好遮遮掩掩地曖昧地使用「那個」等各式各樣的綽號；比如，有時連跟朋友或家人討論月經造成的身體狀況或情緒，都感覺有些尷尬；比如，有時連到婦產科去看病，也會坐立不安、扭扭捏捏，彷彿自己不該待在這裡。彷彿月經是某種需要遮掩而不可見光的事物，最好都是偷偷地承受，秘密地度過那一個禮拜。

　　我們既如此鬼祟而靜默，似乎也就不能責怪，有些小男孩以為這是好笑的事，而某些男性對月事有著近乎童話般的超現實想

像──月經是藍色的、可以跟排泄一樣靠自身抑制收放、性行為後才會開始有月經……。女性的羞赧與男性的無知，正恰好反映了為何我們不該繼續將月經埋藏於黑暗中，因為如此，大眾就只能繼續以偏頗而有限的零碎資訊，自行拼湊想像；因為如此，後來的女孩子們也將承襲這種羞恥的月經意象，被無法知曉真相的男孩嘲笑、被無可了解的男友踩中地雷。

如同廣告所訴求的，若讓光明照亮黑暗，那禁忌與神祕也會漸漸消散，使更多人看見，並且了解。希望有一天，我們都能抬頭挺胸，行走在陽光下，自然而正常地談論我們的身體與現象，安慰因正要蛻變而不知所措的女孩，然後，終於有一天，不再有人認為這是值得開玩笑的、羞恥的事情。

也許，就從不再說「那個」，而是正名為月經開始吧。

我們不嫁好嗎

文：葉櫻

其實，我是討厭「娶」跟「嫁」這兩個動詞的。也許聽起來是有些神經質，但嫁娶這兩個動詞，總讓我想到聘金、嫁妝及所有伴隨而來的規範與習俗，讓我想到男方是怎樣付出聘禮，而在迎親那天，女方又是如何帶著嫁粧，浩浩蕩蕩地被迎到夫家去，完成「于歸」這個大禮──歸，又是另一個同等意義的詞彙，代表女人以夫家為自己的歸宿，為夫家奉獻、努力，孝順並無生養之恩的舅姑，從此同享濃厚血緣的至親卻成了外人，鮮少見面、問候，遑論時常相處廝守。

如果非得使用個詞不可，我寧可使用「結婚」這個詞彙，總中性一點。結婚能夠同時用在男女雙方身上，也沒了一取一受的意思。兩個人結婚了，彷彿就是真的說好了，兩個人從此要建起一個新的家，不必非得跟著丈夫在夫家住，也不必在說出想回娘家的時候換來一頓大吵，更不必有照顧夫家一家大小的爭論。

真的，想想也太不公平了。憑甚麼呢？現代明明早已經不是那種女子只能依附在家庭與丈夫底下的年代了，有些事情，卻還是照著舊規矩來，甚至還成了某種集體無意識的壓迫與妥協。誰又是二十四個月生養的呢，為什麼到了如今，還有人覺得女子照顧公婆天經地義，而對自己父母好一點、不願意負責，就是壞媳婦？

婚姻畢竟是兩個人的事，而一段關係也確實需要雙方的磨合與妥協，單方面要求對方低頭或融入，都是不尊重而不恰當的。

選擇婚姻，是為了與你一起成長，為了和你維繫關係，為了與你建構家庭，一起探究人生的秘密與生命的喜悅，而願意與你開展新的生活。如若男人竟將女人的愛情當作無私的奉獻，將婚姻當成免費的孝順義務，要求女人愛屋及烏，萬事妥貼，樂於一肩扛起所有事情，那也真的是想太多了。

所以，親愛的男人，下次是不是能別再說「嫁給我」了？我是想要與你結婚，不是希望嫁給你的整個家庭。我們可以結婚，但是不嫁也不歸，不娶也不回，我們不必捨棄原本的家，也不必融入另一個家，而是我倆一起，建起一個屬於我們兩人的家，然後一起關心兩方的父母，不需要偏重哪一邊，就當是突然擁有了兩個家庭的疼愛，不再區分你我，而是我們。

或許，就連夫家娘家都不用分。回你家，回我家，或是回我們家，都如此隨意，說走就走。請別怪我愛玩文字遊戲，也不要說我離經叛道，毫無孝心。有些事情，是需要一再地反覆訴說，身體力行，才能改變，進而自由。

妳已如此美麗

文：葉櫻

　　一直以來，都不是個特別有自信的人。要說為什麼，大抵是因為成長一路走來，總是時不時地遇到一些特別奇怪的人，特地走向前來，當面對著我說出各種批評——妳好胖，妳大腿好粗，妳臉上都是痘痘，妳穿的好奇怪，妳寫的小說好好笑，妳寫的故事好爛……諸如此類。每一次，我總會為了這種莫名其妙的人之存在而深深震驚，但每一次，我確實也自卑地將這些話語收到心裡，接著焦慮攬鏡自照，眼裡看見的，便全是被強調過的缺點。因此也曾反覆地問自己，該怎麼樣才能做的更好？

　　然後，就發現其實永遠都不夠好。因為無論怎麼做，或是怎麼打扮，永遠無法取悅所有人。偏偏，那些不滿意的人、愛嘲笑的人，常常都是最大聲的人，偏偏要妳聽到，要把妳踩在腳底，以此滿足自己。

　　從前，總是相信世界上好人很多，相信單純以嘲笑他人為樂的人並不存在，但事實是，那只是一廂情願的天真。生活在人群裡，總是會有膚淺的人前來傷害妳，而他們甚至根本對妳知之甚少。因此，我逐漸學會無視他人的眼光，不再做個乖孩子，也不再隨波逐流，想成為時尚嬌美的那種女孩。我穿想穿的，做我想做的，不去理會這些嗜好或風格是多麼小眾。然而，這樣任性起來的我，卻反而更加開心自由，甚至還會有人主動贈與讚美的話語，稱美我的風格，我的氣質，又或是我的才氣。

　　忽略大眾的眼光，是很不容易的事情。也有許多人為了塞進普世的價值觀，而勉強自己，將生活過成疲憊的苦行。但是，比起那些素不相識的、討厭妳的人，果然還是為了自己活著，才能更加開心。打扮自己、取悅自己、愛自己，將時間留給自己，是很重要而幸福的事情。雖然一開始難免會感到不安，深怕做自己又會受到其他人的攻擊，也會有懷疑自己，想要重新融入大眾、避免被針對討論的時候，但到了那個時刻，不如試著反向思考看看吧。

　　無論如何，討厭妳的人都一定存在，但無論如何，喜愛妳的人也一定存在。妳的這份美麗，一定也會有人讚嘆不已，在這廣袤的世界裡，妳必定能與那樣的人相知相遇。而在追尋的路上，不妨也把握每一個機會稱讚喜愛的每一個人，給他們帶去信心與快樂。

　　妳已經足夠美麗。想拋下束縛，相信自己、成為自己的妳，也請這樣相信。

自由與自尊

文：葉櫻

常聽見人說，比起男孩子，女孩子不需要那麼努力，只要以後找個男人依靠就好。也常聽見人對著事業有成的女人說，妳為什麼要那麼努力？找一個男人結結婚，人生才會圓滿。

這種說法對雙方當然都不公平，彷彿男人是某種生活的支撐保障，女人只需砥礪自己的魅力與美貌，便能進入家庭與婚姻，以獲得不虞匱乏的生活，同時讓自己真正完整，好似女人若是獨身，便注定無法圓滿。

然而，也時常聽見家庭主婦說，婚後在向丈夫討要家用時，有時會遭受冷眼或是聽見抱怨，好似自己整日遊手好閒，只要跟神仙教母一樣揮揮魔杖，家事就能輕易地全部完成，小孩也不必費心照料。甚至，也聽過許多職業婦女，二話不說地便駁回了丈夫要她們辭職在家、接受供養的建議。大眾與女性的觀點如此不同，背後的涵義實在令人玩味。

想像裡，誰不喜歡錢來伸手的生活呢？那些生活雍容優雅的貴婦名媛，不也是許多人欣羨的對象？現實中，許多女性卻仍然堅持婚後繼續工作，成為職業母親或職業婦女，身兼兩份差事，一定比單純的家庭主婦更加疲憊吧。有時候，她們這份堅持，在外人或丈夫眼裡更顯不必──又不需要貼補家用，薪水也不優渥到棄之可惜，卻寧願早起晚歸，在外奔波周旋，在內照料理家，這份執著，究竟為了什麼？

　　我想，其實不過是為了保有一份尊嚴與自由吧。即便會帶來壓力，即使薪水普通，那終歸是自己賺得的錢，能夠自由自在地動用，不需要看人眼色。這樣一來，應該也能在關係中保有一定的平等地位吧——日子一久，人們常常將無法換算衡量的貢獻視為理所當然，如果長年都依靠丈夫給予金錢花用，關係大約也很難保持平衡，終究會傾頹變質，造成一方頤指氣使，另一方低聲下氣的局面吧。到了那時，雙方想必都會有無法言說的煩悶及痛苦，心的距離也會逐漸拉大。

　　雖然「靠山山倒，靠水水燥，靠人人老，靠自己最好」早已是爛熟的俗諺，但放到這樣的語境裡，卻還能翻出另一層新意——依賴別人終究會失去自主與自由，唯有凡事都努力自主，才能真正地享有自由，也被其他人尊重，保有平衡與和諧的關係。

少點動物性，多一點人性

文：葉櫻

前幾個月，聽聞了一個男人，在昏暗的路上，隨機勒虜女大學生性侵殺害的新聞。消息一出，各界無不震驚哀痛，政府與學校開始宣導與加強應對措施，期望亡羊補牢，猶不算遲；網路與報章雜誌上，專家學者開始分享性犯罪該如何預防，或是女性防身的方法，大眾則更偏向抒發自己的感情，分享自己的經驗，或是哀悼在異鄉無辜逝去的少女。

在這眾多貼文之中，一則發文卻引爆了大眾的怒火——作者認為，男性犯下如此罪行，都是由於他們的「動物性」，實在是無可避免的本能。而執意保有穿著自由的女性，雖然贏得了尊重與自由，最終卻會輸了身體自主權及性尊嚴。末了還欲蓋彌彰地復又強調一次，「絕非在檢討受害者或幫加害者說話」。綜觀全文，無一處不令人瞠目結舌。

身為女性，在閱讀這篇短文時，不由得心有戚戚，且生出濃重的悲哀——原來走到今日，仍然有許多人缺乏性別教育，甚至連最基本的尊重都不具備。在這種場合，總還是有人義正詞嚴地跳出來檢討受害者，質問她們是不是故意煙視媚行，引人遐想？為什麼故意走夜路，又為什麼要孤身一人？而卻大多忘了質問，為什麼這些男人，竟覺得自己有資格去「使用」另一個人的身體？

他們似乎覺得，「教導」女人如何行事打扮，就是在對她們好，殊不知這恰恰顯露出他們的無知。如若他們到了「性侵受害者衣物展覽」的會場，想必會十分震驚——因為各式各樣的衣服

皆十分齊備，保守大膽，外衣睡衣，五花八門，應有盡有，正反映出了性侵並不屬於特定族群與時段，而是每個人都可能遭遇的事情，普羅大眾卻常帶著迷思責問受害者，造成二度傷害，乃至於無盡的後悔與自我厭惡。

這種思考與論述，不僅對女性不公平，那些被代言的男性也同等無辜——莫名其妙被說成隱性犯罪者一般，彷彿終有一天，要是他們控制不了自己的動物性，便會成為其中的一員。

如果我們在竊盜、殺人、傷害罪行上，從不以動物性來為犯人開脫，那為什麼說到了性，卻又讓其成為某種近似開脫的理由？

也許，世界上根本就沒有甚麼動物性，如果是人，就請拿出一點人性。而非一邊將女人定位為慾望與誘惑的載體，一邊將一再發生的不幸歸咎於未開化的動物性，自己卻自其中抽離。想當男人時便當，不想當時便當動物，世界上沒有這麼便宜的事情。

好女人標章

文：葉櫻

　　這學期修了一堂專講《列女傳》的課。漢代的劉向,因當時的後宮之亂而有所感懷,因此蒐羅自三代到漢代的女性故事,編成《列女傳》一書,供女性學習仿效,如何成為一個適宜的女人,也同時告誡男人,該愛悅怎樣的女人。

　　他的本意很正經嚴肅,但後代的我們看來,卻因為情節荒誕而不時笑出聲來——裡面有吃醋便以頭撞柱的婕妤,有與誰結婚便剋死誰的夏姬。雖然他花費了十足的力氣建構出一個又一個禍水的警告,後代的人卻一點兒都沒學到教訓,還滿心都是美豔的女子,一個又一個地接著亡國,實在讓人覺得他有些可憐。

　　不過,我覺得最有趣的,是時不時出現,並給女人蓋下「好女人」標章的君子們。如若是正直而對男性有所助益的女人,便跳出來稱讚她,說她真是個好女人啊;如果是末代君主的妃子,那她就是個讓人國破家亡的禍水,若不是她善妒或淫亂,怎麼會發生這種慘無人道的變故?因此,他們疾言厲色地斥責她們淫邪,斥責她們魔性的美貌,深信男人無心正事,便是因為她們很壞。他們熱衷於給女人蓋上各式各樣的戳印,並相信男人的成功是因為有個好母親或妻子,而失敗也理所當然是因為背後的壞女人。有時讀著,真不知道在他眼裡,究竟是女人被物化的比較嚴重,還是男人更像個無自主性的傀儡比較多。

　　這種集章遊戲,現代也還能見到。許多人仍喜愛告訴女人,何謂好女人的標準與行動法則——妳不能單只有工作能力強,也

不能單只是漂亮。妳應當懂得打扮；妳不應當過於淫蕩或風騷地試圖勾引男人；妳應當聰明獨立，冷靜理性；妳不應當情緒化或放任自己的慾望；妳應當溫柔體貼，顧慮眾人的心情與面子；妳不應當主動強勢，壓過男人的鋒頭；妳應當天生便愛孩子；妳不應當不憧憬成為一個母親；妳應當喜愛純潔；妳不應當放蕩且沉溺慾望。諸如此類，清單列也列不完，可以寫成十誡的好幾倍。符合的女人能得到稱美，不符合的女人，便只能被攻擊或羞辱。

可是呀，劉向沒有想過，他辛苦編輯成冊的書，後人讀了，卻還是對禍水最有興趣，甚至一再渲染，成為津津樂道的傳奇，人們心中的綺想。而那些好女人，卻湮沒在歷史洪流裡，少有人問津。

而現代的女孩，其實也不那麼在乎集章與眼光了。我們有更多自由與選擇，符合這些規則，對我們有甚麼幫助？我們寧願要人生的自由，才不管你想給我們的戳印是善女或惡女，我們最在乎的，是我們自己是否活的快樂暢意。

女為誰容？

文：葉櫻

　　從小對化妝有一種莫名的嚮往，甚至到了認為化妝是女孩最美好的權利的程度。我那時當然沒有化過妝，只是懷著一種輕飄飄的、不切實際的渴望，並將它全都潑灑在當時最喜歡的化妝遊戲上——每次為遊戲中的女孩畫上妝容後，心裡總洋溢著完成創作的樂趣與感動。我也喜歡偷偷地把玩母親的化妝品，眼影盤、唇膏與不知名的瓶瓶罐罐，總讓我愛不釋手。最初，我對化妝的感情與嚮往，其實與「變漂亮」的想望無關，只是單純享受著如同創作的過程，以及欣賞近似藝術品的化妝品本身。

　　大一點後，看見同學開始化妝，那時我才知道，化妝是有著一個遠大的目標，就是讓自己變得漂亮。我卻因為瘋狂冒痘痘的皮膚，只能在遠方看著眾人換上新羽，成為優雅的天鵝，自己卻仍是灰撲撲的醜小鴨。直到上了大學，蔓延的青春痘消停了些，我才終於踏著遲了許多的步子，一頭掉進化妝的奇幻世界。

　　直到開始練習化妝，才發現實作跟美妝遊戲全然不一樣，光一個底妝就讓人頭暈目眩，搞不清楚正確的步驟與道具——究竟該選粉餅還是粉底液？該用手指、粉撲、刷子還是美妝蛋？妝前乳、隔離霜、素顏霜、BB 霜、CC 霜又有甚麼差別？好不容易塗上了一層底妝，這還不算完，還需要修容、打亮與定妝。從前看著別人帶妝，總覺得化妝該很簡單，不過是依序塗抹便完事了，沒想到還有這麼多講究。人總愛嘲笑愛打扮的女孩是花瓶，孰知要成為一個妝容精緻的女孩多麼不易，要付出多少努力與金錢。

女孩化妝的心情，也許不亞於藝術家的用心，同樣需一筆一畫的琢磨，一濃一淡都是講究。

學會化妝以後，有時興致來了，也不管場合或理由，便高高興興地拿起刷具與化妝品，往臉上塗抹起來。母親有時候看見，便笑我，說誰在看你呢？然而，對我來說，化妝卻不必定是為了誰，大多數時間其實是為了自己。僅僅是稍加妝點，便覺得自己多了些神采，也多了些自信。妝容彷彿是我的武裝，給予我些許愉悅及勇氣。我並不認為女人必定要化妝，也不同意化妝才有禮貌這種話。於我，化妝是更純粹的事情，為了自信，為了自己，為了被他人喜歡或得到稱讚，都可以，不化妝當然也可以，都是自己的選擇與權利。

都說女為悅己者容，但到了現在，「悅己者」卻是為了自己高興的意思。女孩們梳妝打扮，大都是為了心情。因此，不請自來、張口便是批評的人，非得告訴我們，覺得妝太濃、妝太淡、妝不好看的人，請都把話吞回肚子裡去。因為，我們化妝真的跟你們無甚關係，比起取悅他人，更多時候，只不過是取悅自己。

非典型童話

文：葉櫻

　　一直很喜歡去年翻拍的《阿拉丁》真人版電影。服裝、排場與特效無疑都是眩目的，營造出《一千零一夜》那種神祕且瑰麗的想像世界，加上迪士尼一直以來的歌舞傳統，新編的歌曲，無論歌詞或旋律，都更華麗動人，與情節相得益彰。

　　不過，最讓我喜歡的，還是改編得恰到好處的新劇本。在這個被重述的故事裡，阿拉丁不再只是個懵懂的窮小子，他有情有義，將他的魔法夥伴當作朋友而非道具，完成每一個許下過的承諾。茉莉不再只是個等待被王子拯救的柔弱公主，她有自己的規劃與夢想，敢於打破規則，直面強大的魔法師。無論性別，在這個故事裡，都能得到一種新的嚮往——男孩們知道，他們不需要努力贏得財富或權力，才能與心目中喜愛的女孩在一起，因為重要的是心靈；女孩們則知道，公主不一定只能像童話所說的，天真漂亮、柔弱無力，只能依靠他人拯救，而能獨立自主，說出渴望且追尋。

　　這是個越來越不完美的童話，然而它卻也更加完美，因為角色們跳脫了既有的軌跡與規則，勇於面對真實的自己，最終扭轉了命運，一同到達未曾有人想像過的結局，就像是坐在飛毯上，一起眺望過的那個彼方。

　　有一陣子，很喜歡反覆聆聽茉莉公主主題曲〈Speechless〉。在歌詞中，她唱出了自己的勇氣與決心——她不會為了古老的習俗與法律壓抑自己，做一個眾人期待的安靜且順從的公主，等著

被某個王子迎娶。即使面對壓力與力量，她也永遠不會屈服，活成自己期待的樣子。

這是多麼帥氣的事情。

也許有人會說，茉莉一個人其實也還是做不了甚麼，還不是靠著阿拉丁跟王宮侍衛的幫助，才有機會戰勝巫師。而若非她的父親，她也不會得到權力，讓她有機會活出自己想要的樣子。

可是，這些奇蹟的前提，總歸還是她的自主與選擇。她為自己發聲，因而得到認可與尊重，進而得到幫助。他們願意伸出援手，並不是因為她有著公主的身分，而是被她的本質所打動。

二十一世紀，我們有了一個獨立的公主。公主與王子，不再是單方面的救贖關係，也不再只是靠著浪漫愛情戰勝一切的簡單喜劇。王子不再完美勇敢，公主也不再安靜柔順。然而，正是因為他們互相拯救，一起成長，一起度過難關，才更激勵人心，為女孩與男孩，建立新的憧憬。

閃亮之路

文：葉櫻

　　《千面英雄》的作者坎伯，認為每個人都注定成為英雄。然而大部分的人，終其一生卻未曾成為英雄或先知，不曾了解生命或世界的奧祕，而是普通地生活著，成為需要英雄的萬千群眾之一，祈求著有朝一日終將出現的英雄，帶來光明與救贖。

　　英雄的夭折，並不是因為沒有天資，而是因為不願回應命運的召喚。當生命產生了轉變的裂口，精靈向你招手，引你進入奇幻而原初的世界，大多數的人卻不願意上路，寧可留在熟悉的世界，躲在父母的羽翼之下，守著僅有的一切，不為曖昧模糊的未來下注。因此，大多數的我們，只成為了稱頌英雄的人。

　　大約很少女孩子會把英雄當作志向吧？神話與傳說裡，冒險的大多是男人，女人則是英雄的愛人。就算真的想要成為英雄，也難以得到社會的支持贊成，畢竟，還是有許多人以為女孩該成為理想的妻子及母親，而很少期待她們成為引領大眾的先驅。於是，更多的女孩，最後成了英雄的伴侶或母親，成為他們的獎賞或安慰，但未曾親身踏入那奇幻的土地。

　　即便現代更加自由且平等，允許女孩展露出更多自己，也讓我們選擇未來及人生，但多多少少，社會還是有形無形地暗示女孩，她們該長成什麼模樣——順從且安靜，貼心而乖巧，是個有能力的職業女性很好，但最好同時也是個體貼的妻子，或者是個充滿母愛的母親。

　　女孩仍舊被期望安定而謹慎，被動且矜持，冒險犯難則很少被提起，最好是乖乖地在設下的框架裡，別輕易踏出去，否則就會引來責難：主動追求男生，在有些人眼裡便是放蕩；單獨出門或晚回家，也是自找麻煩與輕浮。如果妳喜歡分享知識與意見，還會有「好心人」預設妳懂得比他們少，熱心地教妳「什麼是對的」。

　　於是有些女孩便慣於謙虛，事事小心，追求完美，符合他人期待。開口前要斟酌再三，拒絕別人時也總升起罪惡感。也許，她們其實聽見了內心的聲音，知道自己想要成為怎樣的人，只是沒有勇氣開口對周圍說不，遑論踏上旅程，只好忽視召喚，親手將通往仙境的洞穴填起來，做一個不渴求冒險的愛麗絲。

　　但是，壓抑著自己的渴望畢竟難熬，也枉費了生命該有的燦爛模樣。的確，冒險路上，必定會犯錯，會跌跤，會有不適應的痛苦，也會有哭著想回家的時候。成長總伴隨著痛苦，選擇必定要付出代價，但比起沉睡在靜止的城堡裡，我仍然希望，我們都能帶上勇氣，聽從召喚前行。

　　睡美人不等王子解救，便需要自己跨過荊棘。過程也許艱辛痛苦，但之後的故事與結局，就都能由我們自己決定。

無關勝敗

文：葉櫻

這星期的口語訓練課，報告的主題是「年輕人對某件事物的想法」，每個人都需要作一份問卷，收集年輕人的回答，整理成數據後上台分享。其中，有個男生的主題是「年輕人對婚姻的看法」，一上台，他便問大家：「規劃未來要結婚的人，請舉手。」

全班都毫無反應，只是盯著他看。他也不覺尷尬，知道這並非冷場，因為從他分享的調查結果看來，這完全在他意料之中——根本沒有年輕人想要結婚，無關男女。

然而，這份心情大概也會跟其他許多事物一樣，終究隨著年紀而改變吧。不然，怎麼會有很多人在步入三十歲之後，因為身邊許多人都成了家，因為親朋好友的念叨與關心，因為焦慮起自己不再年輕，便突然有些恐慌，擔心自己若再不把握機會結婚，就會遲了？

「就要來不及了」的這種想法，大概又以女孩子更常有。不也常聽人說嗎？三十幾歲的年紀，再過幾年，美貌就要過期了，再過幾年，就不適合有孩子了，再過幾年，就很難有人要了——「敗犬」這個稱呼，不就是指涉那些過了三十歲、事業有成、美麗成熟，卻單身的女人嗎？然而，若是同樣條件的男人，卻會被說成是黃金單身漢。在婚姻市場裡，男人與女人的差別，大約就像是酒與車吧。一個越陳越貴，一個卻一年一年地掉價。連這種地方，也十足地不對等，實在讓人無奈。

　　每當看見「敗犬」這個字，總給我一種「輸了」的感覺。然而究竟是輸了什麼呢？

　　對我來說，結婚並不使人嚮往，甚至總讓我感到恐怖──婚姻並不是愛情終極的實現，而是兩個家庭的結合、瞬間錯綜複雜的人際關係、糾葛不清的責任與財產、逐漸同步且縮小的生活圈，還有可能隨時蹦出的小孩。婚姻全然是實際的，屬於凡間的，庸俗且日常，無關永恆的愛戀，卻可能消磨彼此的身心與感情，讓身邊充斥著怨恨或齟齬。

　　當然，也許有一天，到了某個年歲，我也會開始認真地考慮結婚的事情，但我知道，我並不會為了結婚而結婚。我不會為了交出漂亮的成績單，為了成為他人口中的勝者，而匆促地、為了消弭焦慮地，輕率地結婚。若要結婚，我希望是為了自己的心，而不是符合他人的期望。

　　畢竟我的人生是否勝利、是否幸福，豈是由婚姻跟家庭來決定？

國家圖書館出版品預行編目資料

女人心／粉妹、君靈鈴、葉櫻　合著.—初版.—
臺中市：天空數位圖書　2021.01
面：公分
ISBN：978-986-5575-21-2（平裝）

863.55 110001071

書　　　　名：女人心
發　行　人：蔡秀美
出　版　者：天空數位圖書有限公司
作　　　者：粉妹、君靈鈴、葉櫻
編　　　審：璞臻有限公司
製 作 公 司：重啟有限公司
版 面 編 輯：採編組
美 工 設 計：設計組
出 版 日 期：2021 年 01 月（初版）
銀 行 名 稱：合作金庫銀行南台中分行
銀 行 帳 戶：天空數位圖書有限公司
銀 行 帳 號：006-1070717811498
郵 政 帳 戶：天空數位圖書有限公司
劃 撥 帳 號：22670142
定　　　價：新台幣 260 元整
電子書發明專利第 Ⅰ 306564 號
※　如有缺頁、破損等請寄回更換

紙本書編輯印刷：
電子書編輯製作：
天空數位圖書公司　E-mail：familysky@familysky.com.tw　http://www.familysky.com.tw/
地址：40255台中市南區忠明南路787號30F國王大樓　Tel：04-22623893　Fax：04-22623863